U0470351

新经典文化股份有限公司
www.readinglife.com
出 品

蚕豆大哥的新床

[日] 中屋美和 著　彭懿 周龙梅 译

这张床，是蚕豆大哥的宝贝。
它像云朵一样暄腾腾，像棉花一样软乎乎。
可是，今天一早，蚕豆大哥却愁眉苦脸地看着自己的床。

读者出版社

毛豆小弟和花生小弟跑了过来。

"早上好,蚕豆大哥!你的脸色好难看啊,出了什么事吗?"

蚕豆大哥说:

"我的床最近一点精神也没有……

以前它是那么暄腾腾,那么软乎乎……"

荷兰豆小妹和豌豆兄弟也跑了过来。

"让我看看，让我看看……

啊，真的啊！

床比以前瘪了好多，没精神了！"

"这可怎么办啊?"蚕豆大哥慌了手脚。

荷兰豆小妹出了个主意:

"那就把床上的'棉花'换成新的!"

可是,上哪儿去找新的棉花呢?

"对了！我听说有一种'棉花树'，
它会长出暄腾腾的棉花！"
毛豆小弟说。

"好——！我这就去找棉花树！"
蚕豆大哥立刻出发了。

♪我的床　你知道吗

暄腾腾像云朵　软乎乎像棉花

我心爱的宝贝　就是它

"小蚂蚁！你知道棉花树吗？"

"哎呀……不知道。"

"小瓢虫！你知道棉花树吗？"

"听说过，但没见过。"

蚕豆大哥又问毛毛虫：

"小毛毛虫，你知道棉花树吗？"

"嗯！是会结棉花的树吧？
但我不知道它在哪里。"

"小蝴蝶，你知道
棉花树吗？"

"知道啊！过了蒲公英花田，
小河对岸就是！"

蚕豆大哥马上来到河边,用树枝和叶子做了一支桨,
把床当成小船,嗖嗖地划了起来。

♪ 我的床　你知道吗

暄腾腾像云朵　软乎乎像棉花

还能变成小船　划呀划

划了半天,好不容易才划到河对岸。

可是，根本没看到什么棉花树呀。

蚕豆大哥跑到这边看看，跑到那边看看……

"哎哟，是蚕豆大哥啊！"

没想到遇见了小青鳉鱼。

"小青鳉鱼，你在这一带见到过棉花树吗？"

"顺着河流往下走，那里有树！"小青鳉鱼说，

"但不知道是不是你说的棉花树。"

听了这话，蚕豆大哥立马朝下游划去。

嗖嗖嗖嗖……

往下游划，好快！好快！

越来越快，越来越快了。

"啊——停……停不下来了!"

小船的速度更快了……

扑通!

蚕豆大哥被抛出了船外。

"嘿！你不要紧吧？"

听到说话声，蚕豆大哥惊醒过来。

咦，好陌生的地方啊。

"我是斑豆，"

身上长着奇特花纹的豆子说，

"你是谁？我怎么没有见过你这种豆子。"

小小的、圆溜溜的豆子说:"我们是鹰嘴豆。"

接着,一些和豌豆兄弟长得很像的豆子说:"我们是甜豆姐妹。"

"我是蚕豆……哎呀!我……我的床呢?"

见蚕豆大哥慌了神,斑豆小弟连忙指了指旁边。

"啊,太好了……我的床在这里呢!"

"你的床好大啊，真气派！"听到甜豆姐妹这么说，
蚕豆大哥很得意："这是我的宝贝！为了给它换新棉花，
我正在找棉花树呢！"

"棉花树吗？那边的田里就有！"
斑豆小弟的话，让蚕豆大哥大吃一惊。

蚕豆大哥立刻跟着斑豆小弟去看棉花树。可是一片棉花也没看到。

"过一段时间，等棉花树长出花蕾，开花，然后才会结棉花！"

斑豆小弟解释说。

蚕豆大哥听了有点失望："要那么长的时间啊？那我先回趟家再来吧！"

蚕豆大哥忽然想起来：

"怎么办……我不知道回家的路，我回不了家了！"

没办法，蚕豆大哥只好住了下来。

"蚕豆大哥，早上好！"
蚕豆大哥被不熟悉的声音叫醒了。

对了，还在这个陌生的地方呢。
蚕豆大哥突然觉得有点寂寞。

"蚕豆大哥,我们一起玩吧!"

甜豆姐妹和鹰嘴豆兄弟也来了。

蚕豆大哥打起精神,抬起了头。

他看到远处有一个山坡,提议说:

"为了感谢你们的帮助,我带你们玩一个特别的游戏!"

♪我的床　你知道吗

　暄腾腾像云朵　软乎乎像棉花

　还能变成雪橇　滑呀　滑呀　向前滑

"啊——！"

"哇——！"

大家欢呼着玩起了"雪橇"！

接着，他们又把床放进水里，一起划起了船。

"蚕豆大哥的床，不光是用来睡觉的啊，太厉害了！"

开始还觉得寂寞的蚕豆大哥，

和大家成了朋友后，渐渐地有了精神。

之后的好几天，一直在下雨。

斑豆小弟担心地说：

"这下糟了……

要是一直下雨，棉花就长不出来了。"

蚕豆大哥听了这话，连忙动手做起一个东西来。

"蚕豆大哥,这是什么呀?"
"晴天娃娃!
挂上晴天娃娃,雨就能快点停!"

"太好了,那我跟你一起做!"
"我也做!"

大家一鼓作气,
做了好多晴天娃娃,挂了一大排。
真希望雨能快点停!

连续下了好几天雨之后,
天气终于变好了。

又过了好几个大晴天,
这一天……
棉花树上长出了绿色的花蕾。

花蕾渐渐地鼓了起来……

开出了美丽的白花。

不可思议的是，白花渐渐变成了粉红色……

花枯了，长出了小圆球。

过了几天，小圆球渐渐长大，

有一天，小圆球裂开了……

露出了雪白的棉花！

棉花一天比一天鼓了起来，变得暄腾腾的了。

"啊，真想快点带着棉花回家啊！"

蚕豆大哥眼睛都放光了，可他突然又难过起来。

"可是……我回不了家了……"

大家鼓励他："肯定能回家的！打起精神来！我们去摘棉花吧！"

之前小小的一棵棉花树……现在变得又高又大！蚕豆大哥他们使劲儿地朝着棉花往上爬。

嘿哟！

嘿哟！

加油！加油！

嘿哟！

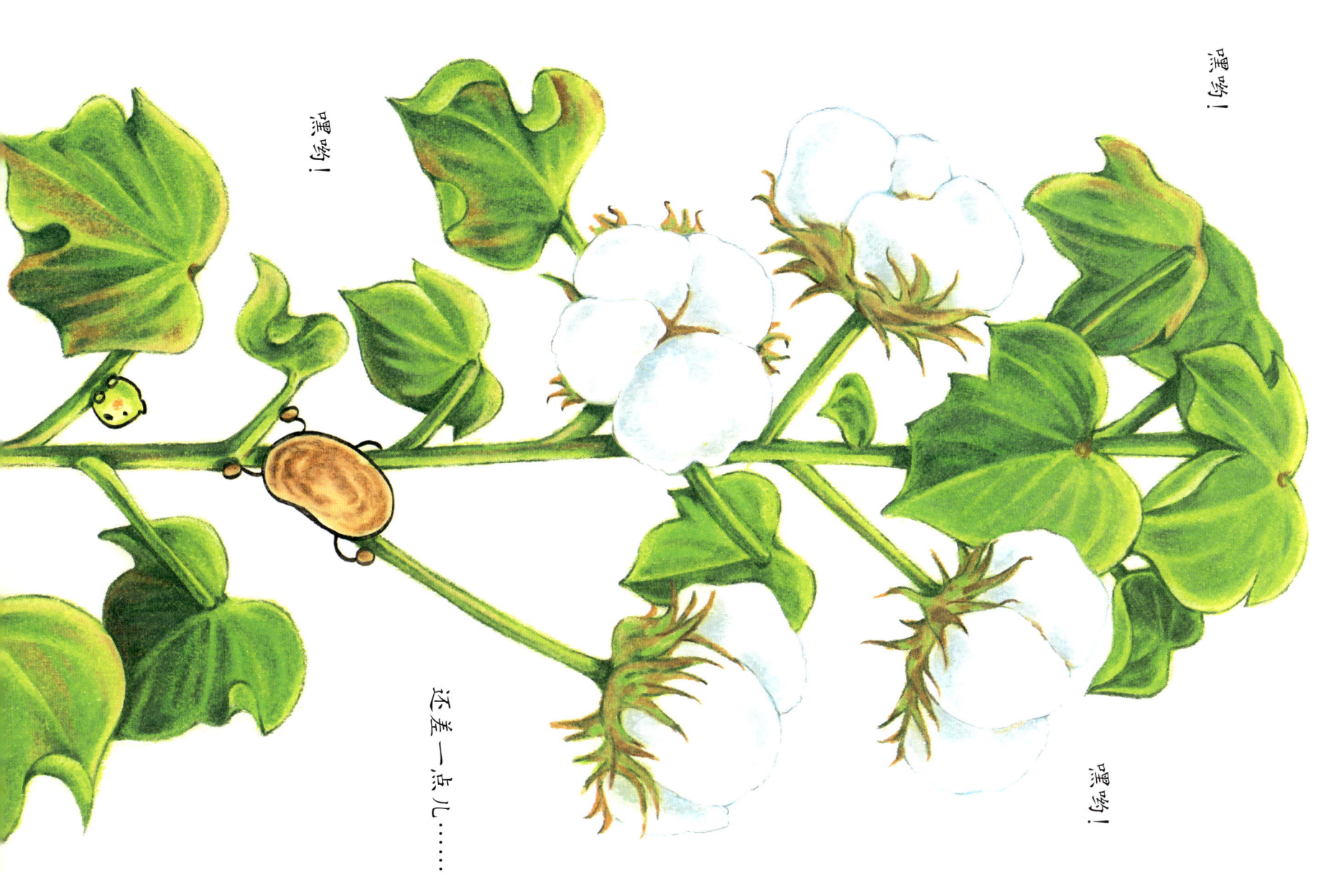

嘿哟！

还差一点儿……

嘿哟！

嘿哟！

终于，大家都爬到了棉花上。"哇，暄腾腾的！"
从棉花树的顶上，能望到很远的地方。

啊！

"快看！那里就是我的家！"蚕豆大哥开心地叫着。
大家都高兴极了。"太好了，蚕豆大哥！
原来你住得离我们不远！"

大家摘了好多棉花，给蚕豆大哥铺了满满一床。

蚕豆大哥的床又变得暄腾腾、软乎乎的了。

"我的床变成新床了！谢谢你们。"

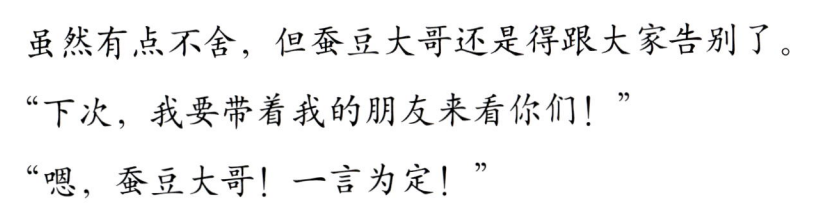

虽然有点不舍，但蚕豆大哥还是得跟大家告别了。

"下次，我要带着我的朋友来看你们！"

"嗯，蚕豆大哥！一言为定！"

荷兰豆小妹、豌豆兄弟，还有毛豆小弟，
每天都在挂念着蚕豆大哥。

终于……

"我回来了！"

"哇——！蚕豆大哥回来了！"
"欢迎回家！欢迎你回家！真是太好了！"

"对不起，让你们担心了。

这是给大家的礼物！"

蚕豆大哥把棉花分给朋友们。

"太棒了！暄腾腾、软乎乎的棉花！"

大家开心极了。

然后，他们用棉花玩起了"大变身"游戏。

看着彼此稀奇古怪的样子，大家抱着肚子，笑成一团。

"和大家在一起真好！"蚕豆大哥打心眼儿里这么觉得。

图书在版编目（CIP）数据

蚕豆大哥的新床 /（日）中屋美和著 ； 彭懿，周龙梅译. -- 兰州：读者出版社，2018.12（2020.7.重印）
ISBN 978-7-5527-0388-7

Ⅰ. ①蚕… Ⅱ. ①中… ②彭… ③周… Ⅲ. ①儿童故事－图画故事－日本－现代 Ⅳ. ①I313.85

中国版本图书馆CIP数据核字（2018）第289644号

著作权合同登记图字：26-2018-0091
SORAMAME-KUN NO ATARASHII BED
by Miwa NAKAYA
©2015 Miwa NAKAYA
All rights reserved.
Original Japanese edition published by SHOGAKUKAN.
Chinese translation rights in China (excluding Hong Kong, Macao and Taiwan) arranged with SHOGAKUKAN through Shanghai Viz Communication Inc.

蚕豆大哥的新床
（日）中屋美和 著
彭懿 周龙梅 译

责任编辑　房金蓉
特邀编辑　梁　燕　张　羲
装帧设计　邢　月
内文制作　田晓波

出　　版　读者出版社（兰州市读者大道568号）
发　　行　新经典发行有限公司　电话 (010)68423599
　　　　　邮箱 editor@readinglife.com
经　　销　新华书店
印　　刷　北京利丰雅高长城印刷有限公司
开　　本　787毫米×1092毫米　1/16
印　　张　2.5
字　　数　3千
版　　次　2019年10月第1版
印　　次　2020年7月第3次印刷
书　　号　ISBN 978-7-5527-0388-7
定　　价　49.50元

版权所有，侵权必究
如有印装质量问题，请发邮件至 zhiliang@readinglife.com

棉花树

甜豆姐妹的家

鹰嘴豆兄弟的家

蚕豆大哥和朋友们的家

蒲公英花田

斑豆小弟的家

河

山坡

这是我冒险的地方！

太棒了！